따르릉 따릉 도깨비

따르릉 따르릉 도깨비

초판 인쇄 2022년 06월 17일

초판 발행 2022년 06월 24일

지은이 이숙양 권현희 김미숙

그린이 박옥기

펴낸이 정봉선

디자인 모수진

펴낸곳 정인출판사

주소 경기도 하남시 조정대로45 미사센텀비즈 7층 F749호

전화 031)795-1335

팩스 02)925-1334

홈페이지 www.pjbook.com

이메일 junginbook@naver.com

등록 제2021-000092호

ISBN 979-11-978829-3-7 (03810)

* 책값은 표지 뒤에 있습니다.

따르르 따르 도깨비

글 | 이숙양 권현희 김미숙

그림 | 박옥기

정인출판사

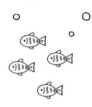

어린이 친구들에게

도깨비를 만나 본 적이 있나요?

어린이 친구들은 텔레비전이나 영화에서 도깨비를 많이

보았을 거예요.

거기서 본 도깨비들은 어떻게 생겼던가요?

대부분 뿔이 나고 방망이를 들고 있지요?

이 책에는 도깨비를 만나 벌어지는 이야기를 모았어요.

도깨비는 온몸에 털이 북슬북슬하고,

도깨비가 나타나면 누린내가 진동하고,

웃는 소리도 이상해요.

키는 위로 보면 커지고 아래로 보면 작아지기도 해요.

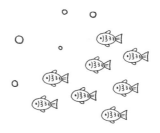

이 책을 읽다 보면
텔레비전과 영화에서 보는 모습과는 사뭇 다른
도깨비의 개성 넘치는 모습을 만날 수 있을 거예요.

요즘 우리는 도깨비를 만나기가 쉽지 않아요.
하지만 옛날 옛날에 우리 할머니 할아버지들은
도깨비를 만났대요.
도깨비를 만나 씨름도 하고, 방망이도 얻고,
금덩이도 얻었대요.
욕심쟁이는 도깨비한테 혼이 나기도 했어요.

할머니 할아버지들이 들려준 도깨비 이야기를
어린이 친구들이 재미있게 읽을 수 있도록 다시 썼어요.

어린이 친구들,
도깨비 이야기는 혼자 읽을 때도 소리 내서 읽어야 재미있어요.
소리 내서 친구들에게도 읽어 주고,
부모님께도 읽어 줘 보세요.
우락부락하지만 장난기도 많고 어리숙한 도깨비를
만나게 될 거예요.

어린이 친구들도

이야기 속에서 도깨비를 만나 재미있게 놀아 보세요.

2022년 6월

이숙양, 권현희, 김미숙

차례

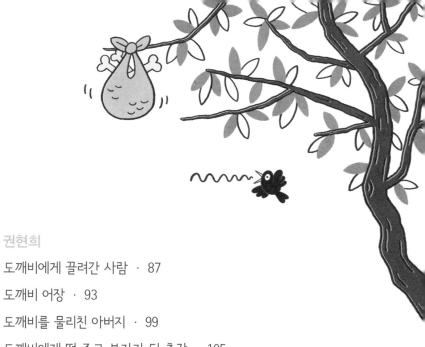

거렁뱅이 부부의
횡재

이숙양

옛날에 어떤 곳에 거렁뱅이 부부가
살고 있었습니다.

남편은 두 눈이 있어도 앞을 보지 못했고요,
아내는 두 귀가 있어도 소리를 듣지 못했습니다.

어느 날 거렁뱅이 부부가 길을 가다가
웬 당나귀를 만났습니다.

남편은 당나귀 등에 올라타고,
아내는 당나귀를 끌고 가다
날이 저물어 빈집을 찾아 들어갔습니다.

한밤중이 되어
거렁뱅이 부부가 잠을 자려고 하는데,
도깨비들이 왁자지껄 모여들어 큰소리를 쳤습니다.
　"웬 사람이 남의 집에 들어왔느냐?"

거렁뱅이는 얼결에 소리쳤습니다.
"너희들의 큰아버지다!"

도깨비는 말했습니다.
"그럼, 어디 손 좀 보자!"

거렁뱅이는 문구멍으로 얼른 당나귀 발을
쑤욱 내밀었습니다.

도깨비는 그걸 만져 보고 말했습니다.
"똑같구나, 똑같다!"
"어디 얼굴 좀 보자!"

거렁뱅이는 문구멍으로 얼른 당나귀 얼굴을
쑤욱 내밀었습니다.

도깨비는 그걸 만져 보고 다시 말했습니다.

"똑같구나, 똑같다!"
"어디 목소리 좀 들어 보자!"

거렁뱅이는 당나귀 밑구멍을 쿡 쥐어박았습니다.
"찌깽찌깽! 찌깽찌깽!"

도깨비들은 깜짝 놀라 멀리멀리 달아나 버렸습니다.

날이 밝자, 거렁뱅이 부부가 마당으로 나갔습니다.
어젯밤에 도깨비들이 놓고 간
금은보화가 가득했습니다.

아내가 소리쳤습니다.
　"금은보화가 쏟아졌네, 쏟아졌어!"

앞을 보지 못하는 남편이 물었습니다.
　"뭐, 금은보화라고?"

순간 남편은 눈이 번쩍 떠졌습니다.
  "내 눈이 보인다, 보여!"

그 소리에 아내는 귀가 뻥 뚫렸습니다.
  "내 귀도 들린다, 들려!"

거렁뱅이 부부는 덩실덩실 춤을 추며
금은보화를 당나귀 등에 가득 싣고
집으로 돌아와서 잘 먹고 잘살았답니다.

고욤나무골
도깨비

이숙양

옛날에 고욤나무가 많은 산골에 어떤 총각이 살고
있었어요.

가을걷이를 끝낸 총각은
동네 사람들과 사랑방에 둘러앉아
일을 하고 있었어요.

초가집에 얹을 이엉을 엮고
곡식 담을 소쿠리도 엮고
신고 다닐 짚신도 삼았어요.

일하다 보니 어느덧 한밤중이 되었어요.

간다 간다

한 사람이 밖에 나갔다가 헐레벌떡 뛰어 들어왔어요.

"저기 큰길 쪽에서 상여가 올라옵니다."

"이 밤중에 웬 상여가?"

총각과 동네 사람들은 일손을 놓고 나가 보았어요.
상엿소리가 점점 가까워졌어요.

간다 간다
나는 간다

어허 어허
어허 어허

영락없이 죽은 사람을 싣고 오는
상엿소리였어요.

총각이 그 상엿소리를 쫓아가니
상엿소리가 더 멀어졌어요.

다시 상엿소리를 쫓아가니
상엿소리가 더 멀어졌어요.

쫓아가면 상엿소리는 멀어지고,
쫓아가면 상엿소리는 더 멀어졌어요.

쫓아가던 총각도 온데간데없이 사라져 버렸어요.

동네 사람들은 총각을 찾아다녔어요.
손에 손에 횃불을 켜 들고 소리쳐 불렀어요.
　"총각, 어디 있는가, 어디 있어?"

총각은 고욤나무골 가시덤불 속에
옷이 갈기갈기 찢어진 채
멍한 얼굴로 처박혀 있었어요.

총각은 겨우 집으로 돌아왔지만
삼 일 낮 삼 일 밤이 지나서야,
훌훌 털고 일어나 걸었답니다.

도깨비가 옮긴 병

이숙양

옛날 저 남쪽 바닷가 동네에 농사꾼이 살았어요.
농사꾼은 농사도 짓고 말과 소도 키웠어요.

어느 날 저녁 어스름할 때 비가 왔어요.
농사꾼은 논에 물을 보려고 집을 나섰어요.

무덤 둘레의 돌담 위에
웬 얼룩덜룩한 옷을 입은 사람이
덜렁 올라앉아서 물었어요.
　"비 오는데 어딜 가시오?"

"논에 물을 보러 갑니다."
"물은 내가 보아 드리겠소!"

빗줄기 사이로 그 사람 얼굴을 들여다보니
붉은빛을 띤 도깨비였어요.

도깨비는 눈 깜짝할 사이에 물을 몰아
이 논 저 논 다니면서 물을 봐 주고 말했어요.
　"이제부터 논에 물 보러 다니지 않아도 되오.
　내가 좋아하는 음식을 해 주면 무엇이든 잘
　될 거요."

도깨비는 어디론가 사라졌어요.

농사꾼이 집 안으로 들어서려는데,
갑자기 도깨비가 나타나 집 안으로
따라 들어왔어요.

'별일도 다 있구나!'

그날 밤, 농사꾼은 도깨비가 좋아하는
메밀묵과 고기를 삶아서 대접해 주었어요.

도깨비는 게 눈 감추듯 먹어 치웠어요.
 "잘 먹었소. 다음에 또 봅시다."

다음 날부터 농사꾼이 키우던 말도 소도 잘되고,
논에 곡식들도 잘되었어요.

그러던 어느 날 농사꾼은
도깨비에게 음식을 대접해 준다고 한
약속을 깜박 잊었어요.

그날 밤, 도깨비는 심술이 나서
농사꾼 집에 나쁜 전염병을
퍼뜨렸어요.

'어디 혼 좀 나 봐라!'

하루아침에 농사꾼이 키우던 말과 소가
팡팡 죽었고,
잘되던 곡식들도 말라비틀어졌어요.

농사꾼은 뒤늦게 약속을 지키지 못한 것을
후회했지만,
도깨비는 어디론가 사라진 뒤
다시는 나타나지 않았답니다.

도깨비를 이긴 사람

이숙양

옛날 어떤 동네에 아흔아홉 칸짜리 큰 기와집이
있었어요.
이 기와집은 도깨비가 눌러앉아 사는 집이었어요.

옆 동네에는 놀고먹기 좋아하는 김 서방이 살고
있었어요.
김 서방은 여기저기 돈을 꿔 쓰고 갚지 못했어요.

설이 다가오자 동네 사람들이 쫓아왔어요.
  "빌려준 돈 어서 갚으시오!"

김 서방이 가진 것은 다 쓰러져 가는 집하고
낡은 옷하고 구멍 난 솥단지뿐이었어요.
  "있는 거라곤 이것밖에 없으니 가져갈 테면
  가져가시오."

김 서방은 두 손바닥을 털털 털고 처자식만 데리

고 나섰어요.

"옆 동네에 버려진 아흔아홉 칸짜리 큰 기와

집에 가서 설이나 쇠자."

아흔아홉 칸 집에 들어서니
먼지가 닷 말이나 앉아 있고,
마른 풀이 기와집을 덮어서 지붕도 보이지 않았어요.

김 서방은 뒤늦게 후회가 되었어요.
'앞으로 어떻게 살아야 좋을까?'

김 서방은 마음을 고쳐먹고,
빗자루로 쌓인 먼지를 쓸고 마른 풀을 걷어 냈어요.
방에 불을 때고 온 식구가 둘러앉아 있으니 좋았
어요.
'이제 동네에 나가서 떡이나 좀 얻어 와야겠다!'

"다 털어먹고 나온 사람에게 떡 좀 주시오."

동네 사람들은 떡을 내주었어요.

날이 점점 어두워지니 김 서방은 걱정이 되었어요.
'오늘 밤 도깨비를 이겨야 이 집에서 살 수 있지!'

김 서방은 팔뚝만 한 참나무 몽둥이를 준비해
놓았어요.

밤이 깊어지자 우당탕하는 소리와 함께
얼굴이 시커메서 털이 난 것 같기도 하고,
키는 기다랗게 구 척이나 되는 것 같기도 한 것이
마루 위로 성큼 올라와 두 발로
버티고 서서 말했어요.
"내 집에 누가
왔느냐?"

김 서방은 참나무 몽둥이로
마루를 탕탕 치면서 소리를 질렀어요.
  "나는 집도 절도 없는 놈이다!"

도깨비가 으름장을 놓았어요.
  "하, 내 집에 들어와 살겠다고?"

김 서방도 지지 않고 도깨비에게 소리쳤어요.
  "그래, 나는 물, 불 가릴 것 없다!
   너 죽고 나 죽고 어디 한번 해 보자!"

김 서방이 몽둥이를 쳐 대면서 도깨비에게
달려들었어요.

"탕탕탕!"

도깨비는 놀라서 두 손을 번쩍 쳐들고 사라졌어요.

"그래, 잘 살아라.

나는 간다."

그 뒤로 김 서방은 아흔아홉 칸짜리 큰 기와집을
지켜 내고 처자식과 잘 살았답니다.

도깨비와 세 딸

이숙양

어느 산골 외딴집에 아버지와 세 딸이 살았습니다.

하루는 아버지가 숲에서 나무를 하다가
땅이 꺼지게 한숨을 쉬었습니다.
　"호이! 이 나무를 해다가 딸들을 시집보내야
　　하는데……."

바람 한 점 없던 날씨가 갑자기 광풍이 일면서
검은 구름이 몰려오더니,
산이 쩌렁쩌렁 울리는 소리가 들렸습니다.
　"웬 놈이 나를 불렀느냐?"

아버지가 깜짝 놀라 사방을 살펴보니
아무것도 보이지 않았습니다.
집에 가려고 일어서는데,
또다시 불호령이 떨어졌습니다.
　"못 간다! 날 불러 놓고 어디를 가려고 하느냐!"

난데없이 거무칙칙한 놈이 나타나더니 아버지의
앞길을 막았습니다.
머리부터 발끝까지 키는 구 척이요,
눈은 퉁방울만 하고,
입은 불을 토할 듯 벌겠습니다.
이마에 뿔 하나가 솟아나 있고
온몸에 털이 숭숭 나 있는데,
귀가 신발짝만 한 도깨비였습니다.

아버지는 얼떨결에 말했습니다.
  "당신을 부른 적 없는데요."
  "'호이'가 내 이름이다.
   부른 값으로 딸을 내게 주면 살려 주겠다!"
  "제 딸을요?"
  "삼 일 뒤 여기로 데려와라!"

아버지는 힘없이 터덜터덜 걸어서 집으로 돌아왔

습니다.

'어찌하나, 어찌하나?

　이 일을 어찌해야 하나?'

집으로 돌아온 아버지는 고개를 떨구고 한숨을
내쉬면서 걱정했습니다.

이런 모습을 지켜보고 있던 세 딸이 물었습니다.
　"아버지, 무슨 일 있으세요?"
　"이야기할 수가 없구나."
　"속 시원하게 얘기해 보세요."

아버지는 오늘 나무하러 가서 있었던 일을
딸들에게 말했습니다.

아버지의 이야기를 듣고 첫째 딸이 말했습니다.
　"아버지, 걱정하지 마세요. 제가 가겠어요."

첫째 딸은 삼 일째 되는 날, 숲으로 갔습니다.

도깨비가 첫째 딸을 휘딱 업고,

눈 깜짝할 사이에 깊고 깊은 땅속 대궐 같은 집

마당에 내려놓았습니다.

도깨비는 첫째 딸에게 사람의 다리 뼈다귀를 내밀

면서 말했습니다.

"내가 내일 돌아올 때까지 이걸 먹어라!

먹지 않으면 너를 죽이겠다!"

"그렇게 할게요."

도깨비가 밖으로 나가자마자 첫째 딸은 다리 뼈다

귀를 지붕 위에 던졌습니다.

다음 날, 쿵쿵 소리와 함께 도깨비가 돌아왔습니다.

"내가 준 뼈다귀를 먹었겠지?"

"먹고말고요."

도깨비는 하늘을 꿰뚫을 만큼 큰 소리로 외쳤습니다.

"다리야, 어디 있느냐?"

"저, 지붕 위에 있어요!"

지붕 위에서 다리 뼈다귀가 쿵쿵 걸어 나왔습니다.

"네가 나를 속였구나!"

도깨비는 첫째 딸의 다리를 꺾어서 캄캄한 골방
안에 던졌습니다.

아버지는 다시 숲에서 나무를 하다가 자신도 모르
게 땅이 꺼지게 한숨을 쉬었습니다.
　"호이! 이 나무를 해다가 두 딸을 시집보내야
　　하는데……."

바람 한 점 없던 날씨가 갑자기 광풍이 일면서
검은 구름이 몰려오더니,
어디선가 도깨비가 또 나타났습니다.
　"나를 또 불렀느냐.
　　부른 값으로 딸을 내게 주면 살려 주겠다!"

집에 돌아온 아버지의 말을 듣고
둘째 딸이 말했습니다.
　"아버지, 걱정하지 마세요. 제가 가겠어요."

둘째 딸은 약속한 날 숲으로 갔습니다.
도깨비가 나타나 둘째 딸을 휘딱 업고,

땅속 대궐 같은 집 마당에 내려놓았어요.

도깨비가 둘째 딸에게 사람의 다리 뼈다귀를 내밀
었습니다.
　"내가 내일 돌아올 때까지 이걸 먹어라!
　　먹지 않으면 너를 죽이겠다!"
　"그렇게 할게요."

도깨비가 나가자 둘째 딸은 다리 뼈다귀를 들고
어찌할까 생각하다 마루 아래 흙 속에 묻었습니다.

다음 날, 쿵쿵 소리와 함께 도깨비가 돌아왔습니다.
　"내가 준 뼈다귀를 먹었겠지?"
　"먹고말고요."

도깨비는 또다시 소리쳐 불렀습니다.
　"다리야, 어디 있느냐?"

"저, 마루 아래 있어요!"

마루 아래에서 다리 뼈다귀가 쿵쿵 걸어 나왔습니다.

"네가 나를 속였구나!"

도깨비는 둘째 딸의 다리를 꺾어 컴컴한 골방 안
에 던졌습니다.

아버지는 또다시 숲에서 나무를 하다가 하늘이 무
너지게 한숨을 쉬었습니다.
  "호이! 이 나무를 해다가 셋째 딸이나 시집보
  내야 하는데…….”

바람 한 점 없던 날씨가 갑자기 광풍이 일면서
검은 구름이 몰려오더니,
어디선가 도깨비가 또 나타났습니다.

"나를 또 불렀느냐?

  이제 셋째 딸을 데려오너라!"

"셋째까지요?"

"으하핫, 어서 데려와라!"

집에 돌아온 아버지의 말을 듣고 셋째 딸은

아버지를 위로해 주었습니다.

  "아버지, 아버지. 걱정하지 마세요."

셋째 딸은 약속한 날 고운 옷을 입고 숲으로 가

도깨비를 만났습니다.

  "하하핫, 곱기도 곱군!"

  "키 큰 당신도 괜찮아 보여요."

도깨비가 셋째 딸을 휘딱 업고,

눈 깜짝할 사이에 깊고 깊은 땅속 대궐 같은 집

마당에 내려놓았습니다.

도깨비는 셋째 딸에게 사람의 다리 뼈다귀를 내밀
면서 말했습니다.

"내가 내일 돌아올 때까지 이걸 먹어라!
먹지 않으면 너를 죽이겠다!"
"그렇게 할게요."

도깨비가 나가자 셋째 딸은 다리 뼈다귀를 받아 안
고 생각하고 생각하다가 부엌으로 들어갔습니다.

셋째 딸은
다리 뼈다귀를 아궁이에 넣고
불로 활활 태워서
절구통에 쿵쿵 부숴
허리끈으로 꽁꽁 싸서
배에 단단히 묶었습니다.

다음 날, 쿵쿵 소리와 함께 도깨비가 돌아왔습니다.

"내가 준 뼈다귀를 먹었겠지?"
"먹고말고요. 아주 잘 먹었어요."

도깨비는 하늘을 꿰뚫을 만큼 큰 소리로
외쳤습니다.

"다리야, 어디 있느냐?"

"저, 여기, 배 속에 있어서 나갈 수가 없어요!
  나갈 수가 없어요!"

"으하핫, 됐다 됐어!"

도깨비는 좋아하면서 셋째 딸에게 집 안 열쇠 꾸
러미를 내밀었습니다.

"당신에게 주는 선물이오."

다음 날 밤, 셋째 딸이 도깨비에게 물었습니다.

"당신하고 같이 있으니 세상에 무서운 것이
  없네요. 혹시 당신은 무서운 것이 있나요?"

"나는 세상에 무서운 것이 없소, 딱 한 가지만
  빼면……."

"그것이 무엇인지 어서 말해 주세요."

"그놈의 버드나무 잎사귀가 내 몸에 닿으면
  나는 끝장나오!"

"제가 당신을 위해서 다 없애 버릴게요.
 아무 걱정 하지 마세요."

셋째 딸은 도깨비를 재워 두고 밖으로
나갔습니다.
버드나무 잎사귀를 훑어서 다시 땅속 집으로
돌아왔습니다.

셋째 딸은 깊이 잠들어 있는 도깨비의 몸에 버드
나무 잎사귀를 뿌렸습니다.
도깨비는 눈도 떠 보지 못하고 그만 몸이 스르륵
녹아 버렸습니다.

그 순간 컴컴한 골방 안에 쓰러져 있던 언니들은
꺾어진 다리가 붙어서 벌떡벌떡 일어났습니다.

셋째 딸이 열쇠 꾸러미를 들고 골방 문을 열어

보았더니,

그 안에 두 언니가 있었습니다.

　"언니, 언니. 내가 도깨비를 물리쳤어요!"

세 딸은 얼싸안고 또 다른 방문을 열어 보았습니다.

방마다 금은보화가 그득해 눈이 부셨습니다.

세 딸은 금은보화를 가지고 집으로 돌아왔습니다.

아버지와 세 딸은 오래도록 행복하게 잘 살았습니다.

도깨비장난질

이숙양

저기 구렁 고개 너머에 영감이 사는데
심술 보따리가 사나웠어.

동네 사람들은 영감 집 일을 해 주고도
밥과 욕을 같이 얻어먹어야 했지.
　"에이, 빌어서 먹을 놈들, 내 쌀밥을 먹다니!"

동네 사람이 먹을 간장이 없어 꾸러 가면
영감은 빗물 섞어 내주고,

동네 사람이 된장이 없어 꾸러 가면
영감은 시궁창 흙 섞어 내주고,

동네 사람이 쌀이 없어 꾸러 가면
영감은 모래 섞어 내주었지.

그러던 어느 날 밤, 영감 집에 도깨비들이 몰려왔어.

도깨비들이 집 네 기둥을 번쩍 드니 집이 삐딱
기울어졌어.

영감이 소리쳤어.
"아이쿠, 내 집 넘어간다!"

도깨비들이 삐익삐익 웃으면서 퍼런 도깨비불을
켜고 앞산으로 뒷산으로 왔다 갔다 왔다 갔다 했어.

영감도 정신없이 앞산으로 뒷산으로
왔다 갔다 왔다 갔다 했어.

그러다 도깨비들은 영감을 가시덤불로 데리고
가서 처박아 버렸지.

영감은 오도 가도 못하고 가도 오도 못했어.

동네 사람들은 영감을 찾으러 다녔어.
징을 뚜드리고 북을 뚜드리며 찾으러 다녔지.

　"징 징 징!"
　"어디 갔나? 어디 갔어?"
　"둥 둥 둥!"

"어디 갔나? 어디 갔어?"

한참 뒤, 동네 사람들은 가시덤불 아래 처박혀 있는 영감을 찾아서 집으로 돌아왔어.

또다시 도깨비들이 영감을 찾아와,
삐익삐익 웃으면서 말했지.
"아직 끝나지 않았다!"

영감이 마루에 달걀 바가지 갖다 놓으면
도깨비들은 달걀 바가지를 대문 앞에 거꾸로
폭 엎어 발길로 차고,

영감이 빨래해 놓으면
도깨비들은 산 위 나무에다 죄 갖다 걸었어.

영감이 입던 옷을 벗어 놓으면

도깨비들은 그 옷을 입고 마루에서
우글우글 걸어 다니고,

영감이 앓아누워 있으면
도깨비들은 구들장을 빼서 달아났어.

영감이 밥하려고 부엌으로 나가 보면
도깨비들은 큰 솥을 작은 솥 안에 넣어 놓았어.

영감은 이래저래 세끼 밥도 못 해 먹고
창창 굶기만 했어.

그 길로 영감은 쫄딱 망해 버렸지 뭐!

따르르르 따르
도깨비

이숙양

옛날 옛날 한 옛날에
할머니가 저녁밥으로 콩죽을 쒀 먹으려고
맷돌에 샛노란 콩을 달달 갈고 있었어요.

사립문 안쪽으로 막대기같이 기다란 놈이
눈웃음을 실실거리며 걸어 들어왔어요.

걸어와선 할머니의 어깨 너머로 넘겨다보면서
삐삐삐 웃었어요.

검실검실한 털이 난 팔뚝을
쓱 내밀면서 말했어요.

"할머니, 나도 콩 좀 주구려."

할머니가 콩을 한 주먹 내어 주었어요.

씹어 먹는 소리가 와작와작 나는 게 아니라
'따르르 따르' 소리가 났어요.

어느새 다 먹고 다시 팔뚝을 내밀었어요.
  "좀 더 주구려."

또 두어 주먹 내어 주었어요.
  "따르르 따르!"
  "좀 더 주구려."

또 주면 또 먹고, 또 주면 또 먹었어요.

  "따르르 따르!"

"좀 더 주구려."

"따르르 따르!"
"좀 더 주구려."

"좀 더 주구려."
"좀 더 주구려."

줘도 줘도 자꾸자꾸 더 달라고만 했어요.

"이제 하나도 없다!"
할머니는 큰소리치면서
그만 행주치마의 허리끈을 풀어서
그놈의 눈구멍을 꿰고
그놈의 콧구멍을 꿰어서
대추나무에 꽁꽁 붙잡아 매 놨어요.

이른 아침에 할머니가 마당으로 나가 보았더니,
대추나무에 헌 도리깨 하나가 꽁꽁 묶여 있었어요.

할머니가 도리깨를 풀었더니 샛노란 콩이 한 알
톡 떨어져 굴러갔어요.

도리깨 자루 안을 들여다보았더니
샛노란 콩이 소복하게 들어앉아 있는 거예요.

도리깨 자루의 볼록한 부분을 탁 쪼겠더니
샛노란 콩이 와르르 쏟아져 콩콩 굴러갔어요.

와르르,
콩콩콩.

와르르르,
콩콩콩콩콩.

와르르르르,
콩콩콩콩콩콩콩…….

어리비기와
싸리비기

이숙양

옛날 옛날 어느 옛날에,
형 어리비기와 동생 싸리비기가 살았어요.

형제는 날마다 여기저기 얻어먹으러 다녔어요.

어느 날 형이 동생에게 말했어요.
 "나는 뭉텅 연기 나는 집에 갈란다.
  너는 말강 연기 나는 집에 가거라."

형 어리비기가 뭉텅 연기 나는 집에 갔더니,
호불 할아버지가 축축한 짚으로
군불을 때고 있었어요.

동생 싸리비기가 말강 연기 나는 집에 갔더니,
호불 할머니가 마른 장작을 때
환갑잔치를 하고 있었어요.

동생 싸리비기는 이것저것 잘 먹고
형 것까지 얻어 왔지요.
　"형님, 저는 쇠고깃국 실컷 먹고 왔으니 이것
　　드세요!"

다음 날 형 어리비기가 말했어요.
　"나는 말강 연기 나는 집에 갈란다.
　　너는 뭉텅 연기 나는 집에 가거라."

형 어리비기가 말강 연기 나는 집에 갔더니,
호불 할머니가 물을 솔솔 끓이고 있었어요.

동생 싸리비기가 뭉텅 연기 나는 집에 갔더니,
호불 할아버지가 떡을 모락모락 찌고 있었어요.

동생 싸리비기는 떡을 잘 먹고
형 것까지 얻어 왔지요.

"형님, 저는 떡 실컷 먹고 왔으니 이것 드세요!"

싸리비기가 형에게 떡을 내미는 순간.
어리비기가 동생 두 눈을 찔러 버렸어요.

싸리비기는 이제 오도 가도 못하고,
갈 길 없고 잘 길 없어 어둠 속에 혼자 앉아 있었
어요.

어느 순간 토째비 둘이 훠얼 날아와 이야기했어요.
  "이 동네에 어리비기와 싸리비기 형제가 있는
  데, 형이 제 동생 눈을 찔러 앞을 보지 못하
  게 만들었단다."
  "그래? 여기 옹달샘 물에 눈을 씻으면 깨끗이
  나을 수 있을 텐데……."

날이 밝자, 싸리비기는 어젯밤에 토째비들이 얘기

한 것처럼 옹달샘 물에 눈을 씻었어요.

그랬더니 두 눈이 활짝 떠졌어요.

눈이 떠진 싸리비기는 나무를 하려고 산으로
올라갔어요.

갈퀴로 나무를 긁으니, 개암이 하나 톡 떨어졌어요.

　"이건 우리 산신령님 드리고!"

또 갈퀴로 나무를 긁으니, 개암이 하나 톡 떨어졌
어요.

　"이건 우리 어머니 드리고!"

또 개암이 하나 톡 떨어졌어요.

　"이건 우리 형님 드리고!"

드리고, 드리고, 드리고, 드리고, …….

싸리비기가 떨어진 개암을 호주머니에 넣고 흥얼
거리며 내려오는데 날이 저물었어요.
싸리비기는 다 쓰러져 가는 초가집을 찾아 들어갔
어요.

싸리비기가 방 안에서 한숨 돌리고 있는데 토째비
들이 왁자하니 몰려왔어요.
싸리비기는 얼른 벽장 속에 숨었어요.

토째비들은 방으로 몰려와서 또드락 방망이를 뚜
드려 댔어요.

"고기 나와라! 또드락 땅땅!"
"메밀묵 나와라! 또드락 땅땅!"
"또드락 땅땅! 또드락 땅땅!"

방 안에는 별별 것들이 다 쏟아졌어요.

토째비들은 흥성흥성 잔치판을 벌여서 신나게 놀았어요.

벽장 속에 숨어 있던 싸리비기도 배가 고팠어요.
호주머니 속에 있는 개암 하나를 깨무니,
"빠작!" 하고 소리가 났어요.

토째비들은 귀를 기울이며 말했어요.
"이크, 이게 무슨 소리야!"

또 개암 하나 깨무니,
"빠작!" 하고 소리가 났어요.

토째비들이 다급하게 말했어요.
"이크, 대들보 무너진다!"

또다시 개암 하나 깨무니,

"빠짝!" 하고 소리가 났어요.

토째비들은 호들갑을 떨면서 소리쳤어요.
  "이크, 우린 죽는다!"
  "도망가자, 도망가!"

토째비들은 놀라 자빠질 듯 도망쳤어요.

날이 밝자, 싸리비기는 어젯밤에 토째비들이 놓고

간 또드락 방망이를 얻어 집으로 돌아왔어요.

"밥 나와라! 또드락 땅땅!"
"고기 나와라! 또드락 땅땅!"
"또드락 땅땅! 또드락 땅땅!"

싸리비기가 또드락 방망이를 뚜드릴 때마다 원하는 것이 무엇이든 나오고, 나오고, 나오고, ……

그러던 어느 날 어리비기가 와서 보고 물었어요.
"너는 어째 이리 부자가 됐느냐?"

싸리비기는 토째비를 만나서 겪었던 이야기를 했어요.

형 어리비기는 동생 애기를 듣자마자 두 가랑이 찢어지게 산으로 올라갔어요.

어리비기가 갈퀴로 나무를 긁으니, 개암이 하나 툭 떨어졌어요.
"이건 나 먹고!"

또 갈퀴로 나무를 긁으니, 개암이 하나 툭 떨어졌어요.
"이것도 나 먹고!"

또 개암이 하나 툭 떨어졌어요.
"아, 이것도 나 먹고!"

나 먹고, 나 먹고, 나 먹고, 나 먹고, …….
어리비기가 떨어진 개암을 호주머니에 넣고 흥얼거리며 내려왔어요.
어리비기는 훤한 대낮인데 다 쓰러져 가는 초가집을 찾아 들어갔어요.

어리비기가 방 안에 있는 벽장 속에 올라가 한참
을 기다렸어요.

날이 저무니 토째비들이 방으로 왁자하니 몰려왔
어요.

어리비기는 '옳다' 하고 호주머니 속에 있는 개암
한 주먹을 깨무니, "와짝!" 하고 큰소리가 났어요.

토째비들은 모두 '와악!' 소리치면서 벽장으로 달
려들었어요.
　"먼젓번 그놈이 또 우릴 속여 먹으러 왔구
　　나!"

토째비들은 어리비기를 꺼내 방바닥에 뉘어 놓고,
또드락 방망이를 뚜드려 댔어요.

"입 빠져라! 또드락 땅땅!"
어리비기의 입이 쑥 빠졌어요.

"닷 발 빠져라! 또드락 땅땅!"
입이 닷 발이나 쑥쑥 빠졌어요.

"또드락 땅땅! 또드락 땅땅!"
"또드락 땅땅! 또드락 땅땅!"

어리비기의 입이 자꾸 쑥쑥쑥 빠졌어요.

날이 밝아 오자 토째비들은 어디론가 사라졌어요.

어리비기는 빠진 입을 서리서리 어깨에 둘러메고
가다가 나무 아래 앉아서 쉬고 있었어요.

그때 고을 원님의 행차가 지나갔어요.
　"물렀거라, 치웠거라!"

어리비기는 얼른 나무 위로 올라가 숨었어요.
원님이 지나가다 보았어요.
　"아이고, 저게 뭐냐?"

포졸들이 빠져 있는 어리비기의 입을
당겨 보았어요.
당기면 당길수록 입은 더 쑥쑥 빠졌어요.

쑤우욱, 쑤우우욱…….
쑥쑥쑥, 쑥쑥쑥쑥…….

그렇지만 어리비기의 울음소리는 아무도 듣지 못
했어요.
"엉, 엉, 어어엉!"

바다 도깨비

이숙양

옛날 어느 부부가
배를 타고 바다로 일을 갔어.

큰 고기 떼도
작은 고기 떼도
만나지 못한 부부는
이리저리 헤매고 다니다가
배 안에서 깜박 잠이 들었어.

두 눈을 떴을 땐
멀리 동네 불빛만 어른거렸어.
서둘러 배 안에 호롱불을 켜고
노를 저어 동네 쪽으로 향했어.

투둑투둑 빗방울이 떨어지더니,

먹장구름이 앞을 가리고
번개가 바닷물을 가르고
성난 파도 소리가 귀청을 때리니
부부는 정신이 하나도 없었어.

그런데 뜬금없는 고깃배 한 척이
퍼런 불을 켜고 돛을 달고
비바람 속에 가는 길을 가로막았어.

부부는 그 배에 부딪히고 가자니 위험하고
둘러 가자니 그 배가 자꾸 따라왔어.

부부가 가야 할 길은 앞쪽인데
어느 순간 퍼런 불을 켜고 있는
배를 따라가고 있었어.

그 배를 따라다니다 보니
동서남북 방향도 잃어버렸어.

각시는 신랑에게 말했어.
　"저 배를 따라가야 해요."

신랑은 각시를 말렸어.
　"저 배는 도깨비 배요."

도깨비 배는 그렇게 물 위로만 다니다가

갑자기 땅 위로 올라가 빼딱빼딱 걸어 다녔어.

각시가 신랑에게 사정했어.
 "저 배를 따라가야 해요."

신랑은 각시를 말렸어.
 "저 도깨비 배 따라다니면 우린 죽소."

부부가 옥신각신 말다툼하고 있는데,
도깨비 배가 부부에게 다가오더니
물을 풀 수 있게 바가지를 빌려 달라고 했어.

각시는 바가지를 선뜻 빌려주려고 했어.

신랑은 주춤거리면서 각시를 말렸어.
 "바가지 밑에 구멍을 뚫읍시다."

도깨비는 구멍 난 바가지로

배 안에 차올라온 물을 퍼 올렸어.

그러다 온데간데없이 사라져 버렸어.

어느새, 밤바다가 잠잠해져 왔어.

새벽 찬 공기를 헤치면서
부부는 동네를 향해 힘껏 노를 저었어.

집에 돌아온 부부는
두 다리 쭉 뻗고 누워 편안한 잠을 오래 잤대.

도깨비에게
끌려간 사람

권현희

옛날 어떤 동네에 씨름꾼이 살았어.
어느 날 씨름꾼이 친구 집에서 놀다 보니 밤이 되
었어.

씨름꾼이 밤길을 나서려는데 친구가 말렸어.
 "여보게, 다리 밑에서 도깨비가 나온다네.
  그러니 내일 가게."
 "하하, 잘됐군. 씨름 한판 해야겠네!"

씨름꾼은 노래까지 흥얼거리며
깜깜한 길을 걸었지.
 "도깨비야, 도깨비야,
  다리 밑 도깨비야!
  너랑 나랑 씨름 한판 해 보자!"

씨름꾼이 다리를 건너는데,
갑자기 덩치가 커다란 사람이 앞을 가로막았어.

머리는 덥수룩하고,

저고리인지 두루마기인지 알 수 없는 것을 걸치고

있었지.

씨름꾼은 '도깨비로구나!' 생각했지.

도깨비가 우렁우렁한 소리로 말했어.

　"씨름 한판 하자!"

씨름꾼도 얼른 대답했지.

　"좋다, 씨름 한판 해 보자!"

씨름꾼은 도깨비 허리춤을 꽉 잡았어.

다리를 걸어 한 번에 넘어뜨리려고 했지.

　"내 씨름 맛을 봐라!

　　으랏차차, 으랏차차!"

도깨비는 꿈쩍도 안 했어.

씨름꾼이 다시 힘을 모아 도깨비 다리를 걸었어.
"으랏차차, 으랏차차!"

도깨비는 역시 꿈쩍도 안 했어.
도깨비 발이 땅에 붙어 있는 것 같았어.

씨름꾼은 밤새도록 도깨비 허리춤을 붙들고 끙끙
거렸어.

“으랏차차, 으랏차차!”
“으랏차차, 으랏차차!”

꿈쩍도 안 하던 도깨비는
새벽녘이 되자 씨름꾼을 어디론가 끌고 갔어.

다음 날 동네 사람들이 씨름꾼을 찾으러 나섰어.
사람들은 다리 밑을 샅샅이 살펴봤어.

어디선가 작은 소리가 희미하게 들렸어.
“여기…… 있어요…… 꺼내 주세요.”

그 소리를 따라가 보니,
좁디좁은 바위틈에 씨름꾼이 콕 끼어 있었어.

동네 사람들은 가까스로 씨름꾼을 꺼냈어.
생쥐나 들락거릴 만한 그 좁은 바위틈에

씨름꾼이 어떻게 들어갔는지 알 수 없었지.

다리 밑에 사는 도깨비는 알고 있겠지?

도깨비 어장

권현희

옛날 어떤 동네에 어머니와 아들이 살았어.

어느 날 어머니가 병이 나서 눕고 말았어.
아들은 어머니를 정성껏 보살폈지만,
어머니의 병은 나아지지 않았어.

동네 사람들이 아들에게 말했어.
   "어머니에게 맛있는 고기반찬을 해 드리게."

가난한 아들은 고기반찬을 해 드릴 수가 없었지.

아들은 물고기를 잡으러 강가로 갔어.
하지만 강이 깊고 물살이 빨라서
한 마리도 잡을 수가 없었어.

저녁 때가 되어 아들은 빈손으로 일어섰어.
어둑어둑한 강가를 터덜터덜 걸었지.

그때 풀 속에서 무언가 반짝거렸어.
풀을 헤치고 보니 손바닥만 한 돌멩이였어.
생김새는 길쭉하고 푸르스름했어.
아들은 돌멩이를 집으로 가져왔어.

한밤중에 누가 밖에서 불렀어.
　"샌님, 샌님!"

마당에 도깨비들이 쭉 서 있었어.

"오는 길에 돌멩이를 주웠지요?"

"그렇소."

"우리 대장 도깨비요. 돌려주시면 원하는 것을
   드리겠소."

"강에서 물고기를 잡고 싶소."

도깨비들은 순식간에 물살이 빠른 강으로 달려가
돌을 쌓았어.
큰 돌멩이와 작은 돌멩이를 쌓아 큰 어장을 만들
었어.
아들은 도깨비가 만들어 준 어장에서 물고기를 많
이 잡았어.
어머니는 물고기를 먹고 병이 나았지.

도깨비들이 쌓은 어장의 돌은
비가 아무리 많이 와도 허물어지지 않았어.

동네 사람들은 그곳을 도깨비 어장이라고 불렀어.

도깨비 어장은 몇백 년이 지나도 무너지지 않았어.
지금도 있어.
그게 어디 있냐고?

도깨비를 물리친
아버지

권현희

옛날 어느 마을에 딸 하나를 둔 아버지가 살았어.
어느 날 밤 아버지가 개울을 건너는데 도깨비가
불쑥 나타났어.

도깨비가 걸걸한 목소리로 말했어.
　"딸을 나한테 주시오!"

아버지가 깜짝 놀랐지.
　"딸을 달라고?"
　"그렇소. 딸을 주지 않으면 당신을 죽이겠소!"

　　아버지는 도깨비한테 딸을 주고 싶지 않았어.
　　하지만 얼떨결에 딸을 준다고 말했지.
　　　　도깨비는 혼인날까지 정했어.
　　　　　"사흘 뒤에 비단 가지고
　　　　　가겠소!"

사흘 뒤 날이 저물자 도깨비가 찾아왔어.

이름도 알 수 없는 온갖 비단을 잔뜩 짊어지고 왔어.

　"혼인날까지 여기서 살겠소!"

아버지는 어쩔 수 없이 도깨비와 한집에서 살게

되었어.

도깨비는 새벽닭이 울기 전에 밖으로 나갔다가,

한밤중이 되자 돈을 짊어지고 돌아왔어.

아버지는 얼굴은 붉고 털도 많은 도깨비가 싫었어.
게다가 한밤중에 우당탕거리며 돌아다니니
살 수가 없었지.

아버지가 도깨비에게 물었어.
"자네는 좋아하는 것이 무엇
인가?"
"메밀묵이오."
"무서운 것은 무엇인가?"
"누런 개로 끓인 국이 내 몸에 닿는 게 무섭소."

한밤중에 도깨비가 밖으로 나가자,
아버지는 누런 개 국을 끓였어.
한밤중에 돌아오는 도깨비에게 국을 쏟아부었지.
그랬더니 도깨비는 괴상한 소리를 지르며 사라졌어.

다음 날 밤이 되어도 도깨비는 돌아오지 않았어.

아버지는 도깨비가 다시 돌아올까 걱정되었어.

도깨비를 만났던 다리 밑으로 갔지.

대장 도깨비가 도깨비들 이름을 부르고 있었어.

　"고목나무에 사는 김 아무개 왔나?"

　"예, 왔습니다."

　"산 아래 사는 김 아무개 왔나?"

　"예, 왔습니다."

"개울에 사는 김 아무개 왔나?"

"……."

"왜 대답이 없는가?"

"그놈은 누런 개 국을 뒤집어쓰고 죽었습니다."

그 말을 들은 아버지는 마음을 놓고 집으로 돌아
왔어.

아버지와 딸은 도깨비가 짊어지고 온 비단으로
고운 옷 해 입고 오래오래 잘 살았대.

도깨비에게 떡 주고
부자가 된 총각

권현희

옛날 어느 바닷가 마을에 총각이 살았어.
총각은 날마다 집 뒤 손바닥만 한 자갈밭으로 나가
돌을 골라내고 보리와 감자를 심었어.
낡고 작은 배도 얻어 고기도 잡으러 다녔지.

총각이 사는 바닷가 마을에서는 해마다 바다에서
고사를 지냈어.
총각도 정성껏 음식을 장만해서 한밤중에 고사를
지내러 갔어.
　"용왕님, 천지신명님,
　　고기 많이 잡게 해 주세요!"

총각은 절을 하고 또 절을 했어.

총각이 절을 하고 일어서 보니 마을 사람들은 모두
집으로 돌아갔어.
그런데 어두운 바닷가 모래밭에 어떤 사람이 우뚝
서 있었어.
키가 크고 덩치도 큰 사람이었어.
총각은 그 사람을 불렀어.
  "고사 지낸 술과 고기 좀 드시오!"

덩치 큰 사람이 가까이 다가오자 누린내가 났어.
그 사람은 우걱우걱 음식을 먹고 휘리릭 가 버렸어.

다음 날 총각은 작은 배를 타고
고기를 잡으러 갔어.
총각이 그물을 던지자 그물 가득 고기가 잡혔어.

그날 밤 집 뒤 자갈밭에서 웅성거리는 소리가 들
렸어.
총각이 달려가 보니 덩치 큰 사람들이 자갈밭에
가득해.

"거기 누구요?"

키가 크고 덩치도 큰 사람이 다가왔어.
　"어젯밤 당신한테 술과 고기를 잘 얻어먹은
　도깨비요."
"도깨비라고요?"
"그렇소. 우리는 이 바닷가에 사는 도깨비들
　이오. 당신 밭에다 거름을 뿌려 놓았소."

다음 날 아침에 보니 총각네 자갈밭은 기름진 밭
이 되었어.

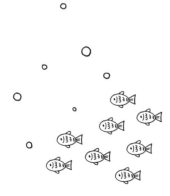

그 뒤로 총각네 밭은 심는 것마다 잘되었지.
보리를 심으면 쭉정이 하나 없이 영글었고,
감자를 심으면 알이 굵고 포슬포슬한 감자가
주렁주렁 달렸지.

총각은 바다에서 고기 잡고,
기름진 밭에 보리 심고 감자 심고
엊그제까지 잘 살았대.

상복 입은

도깨비

권현희

옛날에 어느 마을에 부부가 살았어.

어느 날 남편이 시름시름 앓기 시작했어.

여자는 남편 병을 낫게 하려고 살던 집까지 팔았
지만 남편은 죽고 말았어.

여자는 살던 마을을 떠나 여기저기 떠돌아다녔어.

그러다 어느 고갯길 아래 빈집 앞을 지나게 되었어.

그 집은 오랫동안 아무도 살지 않는 집이었어.

여자는 그 집에서 주막을 하기로 했어.

장사를 시작하는 첫날,

아직 해도 뜨지 않은 깜깜한 새벽이었어.

상복을 입은 사람이 주막에 들어왔어.

　"술 한 사발 주시오."

여자는 술을 한 사발 가득 담아 주었어.

상복 입은 사람은 술을 맛있게 먹고 말했어.

"돈이 없소. 외상이오."

"그렇게 하시오."

여자는 웃는 얼굴로 그 사람을 보냈어.

상복 입은 사람이 나간 뒤로 온종일 손님이 바글바글했어.

다음 날도 깜깜한 새벽에 상복 입은 사람이
또 왔어.

"술 한 사발 주시오. 오늘도 외상이오."

"괜찮소, 돈은 생기면 주시오."

그날도 온종일 손님이 바글바글 몰려들었어.

사흘째 되는 날 깜깜한 새벽에 상복 입은 사람이
또 오자 여자가 먼저 말했어.

"술을 드릴까요?"

"돈이 없소. 외상이오."

"그렇게 하시오."

상복 입은 사람은 깜깜한 새벽마다 와서 술을 먹고
갔어.
주막은 날마다 손님이 바글바글 몰려들어 장사가
아주 잘되었어.

그 주막이 부자가 되는 도깨비터라는 소문이 났어.

아랫마을에 사는 욕심 많은 부자가
그 주막이 도깨비터라는 소문을 들었어.
부자는 도깨비터를 사서 더 큰 부자가 되고 싶었어.

"내가 천 냥을 주겠소. 주막을 파시오."
"싫소. 나는 그냥 여기서 살겠소."
"이천 냥을 주겠소."
"싫소. 나는 그냥 여기서 살겠소."
"삼천 냥을 주겠소."

부자가 하도 사정을 하니 여자는 할 수 없이
주막을 팔았어.

욕심 많은 부자가 장사를 시작하는 첫날이었어.
깜깜한 새벽에 상복을 입은 사람이 들어왔어.
  "술 한 사발 주시오."

부자는 술을 한 사발 가득 담아 주었어.
술을 다 먹은 사람이 말했어.
  "돈이 없소. 외상이오."
  "뭐라고?"
  "돈이 없으니 술값은 다음에 주겠소."

부자는 당장 돈을 내라고 불같이 화를 냈어.
상복 입은 사람은 어디론가 사라졌고 주막에는
온종일 손님이 하나도 안 왔어.

다음 날 깜깜한 새벽에 상복 입은 사람이 또 왔어.

"술 한 사발 주시오."

"어제 돈 안 내고 그냥 갔지?
   돈 안 내면 못 줘!"

부자가 불같이 화를 내자 상복 입은 사람이 어디
론가 사라졌어.

그날도 주막에 손님이 하나도 없었어.

다음 날도

그다음 날도

주막에는 손님이 한 사람도 오지 않았어.

더 큰 부자가 되고 싶었던 욕심 많은 부자는 쫄딱

망했지.

도깨비와
뼈다귀 보따리

권현희

옛날에 어느 마을에 할아버지와 할머니가 살았어.
어느 날 할머니가 할아버지에게 말했어.
　"장에 가서 소 뼈다귀 좀 사 오시오."

할아버지는 장에 가서 소 뼈다귀를 한 보따리 샀어.

할아버지가 뼈다귀 보따리를 짊어지고 집에 오는데,
누가 불쑥 나타나서 걸걸한 목소리로 말했어.
　"나랑 같이 갑시다요!"

달도 없는 깜깜한 밤이라 누군지 알 수가 없었지.

"자네는 누군가?"

"윗동네 사는 김 서방이오."

김 서방은 할아버지 옆에 바짝 붙었어.

"쿵! 쿵!"

"왜 그러나?"

"쿵! 쿵! 이 보따리 내가 들고 갈게요."

할아버지는 뼈다귀 보따리를 김 서방에게 줬어.

김 서방은 보따리를 들고 성큼성큼 앞서갔어.

할아버지는 허우적허우적 뒤따라갔지.

동네 가까이 오자 개 짖는 소리가 들렸어.

"컹컹! 컹컹!"

김 서방이 움찔움찔 놀라고 멈칫멈칫하더니,
어디론가 휘리릭 사라져 버렸어.

"김 서방, 김 서방?"

"……."

"김 서방, 어디 갔나?"

"……."

"내 뼈다귀 주고 가야지!"

"……."

할아버지는 할 수 없이 빈손으로 집으로 왔어.
할머니가 할아버지에게 물었어.

"소 뼈다귀는 어디 있어요?"

할아버지는 김 서방 만난 이야기를 했지.

그러자 할머니가 말했어.

　"뼈다귀 냄새를 맡고 도깨비가 나왔군요."

다음 날 아침,

할아버지는 어젯밤 김 서방이 사라졌던 곳에 가

봤어.

뼈다귀 보따리도, 김 서방도, 흔적이 없었지.

그때 복숭아나무 위에서 까마귀가 요란스럽게 울

었어.

　"깍깍 깍깍!"

할아버지가 복숭아나무를 올려다봤어.

한들거리는 가느다란 복숭아나무 가지 끝에,

뼈다귀 보따리가 간당간당 매달려 있었어.

까마귀는 깍깍! 울어 대고
나뭇가지는 한들한들 흔들리고,
뼈다귀 보따리는 간당간당 매달려 있고,
할아버지는 멀뚱멀뚱 보고만 있었지.

도깨비야,
나가거라!

권현희

옛날에 어느 마을에 총각이 살았어.
어느 날 총각이 한밤중에 길을 가고 있었어.
비까지 부슬부슬 내리는 깜깜한 밤이었지.

총각이 동네 앞 개울을 건너고 있는데,
물소리가 첨벙첨벙 났어.
　"거기 누구요?"

아무 대답이 없었어.
총각이 다시 개울을 건너는데.
누군가 물을 찍찍 뿌렸어.
총각은 이리저리 물을 피해서 개울을 건넜지.

개울을 건너자,
시퍼런 불덩이가 불쑥 나타났어.
불덩이는 주위를 뱅뱅 돌았어.
총각은 눈앞이 희미해지고,

다리에 힘이 빠지고 말았지.

총각은 불덩이를 따라서
첨벙첨벙 개울을 건너고,
울퉁불퉁한 자갈밭을 지나
가시덤불 속으로 들어갔어.

다음 날 동네 사람들이
가시덤불 속에서 총각을 찾아냈어.
　"도깨비한테 홀렸구나!"
　"도깨비를 쫓아내자!"

동네 사람들은 총각을 멍석으로 둘둘 말았어.

둘둘 만 멍석을 이쪽으로 저쪽으로 몇 번 굴렸어.

사람들은 멍석 둘레를 돌면서 작대기로 땅을 치며
소리쳤어.

"쿵! 쿵! 쿵! 쿵!"
"도깨비야, 나가거라!"

"쿵! 쿵! 쿵! 쿵!"
"도깨비야, 나가거라!"

동네 사람들이 작대기로 땅을 치며 소리치자,
총각은 다시 정신이 돌아왔대.

도깨비와 수박

김미숙

옛날 옛날에 할아버지 할머니가 살았어.

할아버지 할머니는 자식이 하나도 없었어.

아들도 없고 딸도 없었지.

손자도 없고 손녀도 없었어.

　"우리는 자손이 없으니 후세에 인심이나 남깁
　　시다."

　"그래요, 그럽시다."

어느 해 할아버지 할머니는 밭에 수박을 심었어.

김매야 할 때 김매고

거름 주어야 할 때 거름 주니

둥글둥글 수박이 달덩이만큼 커졌지.

수박에 어찌나 잘 익었는지 칼만 갖다 대도 쩍 쪼
개졌어.
빨간 속살이 아삭아삭 시원하고 달달했지.

할아버지 할머니는 오는 사람에게도 주고 가는 사
람에게도 주었어.
할아버지네 수박이 맛있다는 소문이 동네방네 수
박 넝쿨처럼 뻗어 나갔지.

어느 날 밤 할아버지 할머니가 수박밭 원두막에
누워 있는데 멀리서 상여 소리가 들렸어.
　"웬 상여 소린고?"

할아버지 할머니가 소리 나는 쪽을 바라보니
상여가 점점 다가왔어.

열댓 명이 상여를 메고 오는데,
어라? 윗도리만 보이고 아랫도리는 안 보이네!

"아이고, 도깨비로구나!"
할아버지 할머니는 무서워서 납작 엎드렸어.

도깨비들은 수박밭 머리에 상여를 내려놓았어.
"아, 그 수박 듣던 대로 맛있게도 생겼네."
"여보게들, 우리 수박 좀 먹고 가세."
"그것 참 좋은 생각이네!"

수박을 실컷 먹은 도깨비들은 배가 수박처럼 둥글
둥글해졌어.

　　"배불러서 못 가겠네. 여기 누워 자고 가세."

　　"새벽닭이 울 것이네. 이제 그만 떠나 보세."

　　"손가락 하나 까딱 못 하겠네.

　　메고 온 건 두고 가세."

도깨비들은 수박처럼 둥그런 배를 안고 하나둘 떠났어.

"꼬끼오!"

새벽닭이 울자,

할아버지 할머니는 상여로 다가갔어.

"누구네 상여일꼬?"

"누구네 상여인지는 몰라도 묻어 줍시다."

광목천을 걷어 젖히니

어라? 관이 아니라 빵빵한 가마니가 있네.

가마니 안에는 글쎄, 엽전이 가득해.

"아이고, 이것이 말로만 듣던 도깨비 재산이

로구나!"

"도깨비 재산은 논밭을 사야지 안 그러면 없

어진다고 합디다."

할아버지 할머니는 도깨비 재산으로 논밭을 사서
잘 먹고 잘 살았대.
인심도 더 후하게 베풀었다지.

도깨비가
지어 준 집

김미숙

옛날 옛날 어느 마을 끝자락에
다 쓰러져 가는 오막살이집이 있었어.
그 집에 가난한 짚신 장수가 살았지.

어느 날 밤 장대같이 키가 큰 사람이 찾아왔어.
깡똥한 바지저고리에 맨발 차림이었지.
　"짚신 한 켤레만 주시오.
　　짚신값은 다음에 주겠소."
　"그러시오."

짚신 장수가 짚신을 주자
키가 큰 사람은 짚신을 받아 들고 횡하니 사라졌어.

다음 날 밤 키가 큰 사람이 또 찾아왔어.
　"짚신 한 켤레만 주시오.
　　짚신값은 다음에 주겠소."
　"그러시오."

짚신 장수가 짚신을 주자
키가 큰 사람은 짚신을 받아 들고 휑하니 사라졌어.

그다음 날 밤 키가 큰 사람이 또 찾아왔어.
　"오늘은 짚신값을 갚으러 왔소.
　바라는 게 있으면 뭐든지 말하시오."

짚신 장수는 허허 웃으며 농담 반 진담 반으로 말
했어.
　"번듯한 집 한 채 있으면 걱정이 없겠소."
　"그게 뭐 어렵겠소."

키가 큰 사람이 허리춤에서 허름한 방망이를 꺼내
더니 뚝딱뚝딱 두드리며 외쳤어.

"기둥아 서라, 뚝딱!"

"벽아 서라, 뚝딱!"

"기와야 덮여라, 뚝딱!"

눈 깜짝할 사이에
번듯한 기와집이 우뚝 섰어.

짚신 장수는 눈이 휘둥그레졌어.
　‘앗, 도깨비로구나!’

도깨비는 온데간데없이 휭하니 사라졌어.

도깨비가 지어 준 집은
천년이 지나도 기둥 하나 기울어지지 않았고
만년이 지나도 구멍 하나 뚫리지 않았고
천만년이 지나도 기왓장 하나 깨지지 않았대.

도움을 받은 채록 이야기

이숙양

거렁뱅이 부부의 횡재

　　《한국구전설화》| 임석재 | 평민사 | 1-154

고욤나무골 도깨비

　　《한국구전설화집》| 민속원 | 14-379

　　《한국구비문학대계》| 한국학중앙연구원 | 1-8-366

　　《한국구비문학대계》| 한국학중앙연구원 | 2-5-82

도깨비가 옮긴 병

　　《제주설화집성》| 제주대학교탐라문화연구소 | 1-168

도깨비를 이긴 사람

　　《한국구비문학대계》| 한국학중앙연구원 | 4-2-479

도깨비와 세 딸

　　《한국구비문학대계》| 한국학중앙연구원 | 1-7-564

　　《유성의 설화》| 한상수 | 324

　　《한국구비문학대계 》| 한국학중앙연구원 | 9-3-624

《조선족구비문학총서》| 민속원 | 5-249

《한국구비문학대계》| 한국학중앙연구원 | 8-9-705

도깨비장난질

《한국구비문학대계》| 한국학중앙연구원 | 2-6-328

《한국구비문학대계》| 한국학중앙연구원 | 2-6-329

《한국구전설화집》| 민속원 | 7-304

따르르 따르 도깨비

《한국구비문학대계》| 한국학중앙연구원 | 8-9-1156

《한국구비문학대계》| 한국학중앙연구원 | 8-14-229

《한국구전설화집》| 민속원 | 14-382

어리비기와 싸리비기

《한국구비문학대계》| 한국학중앙연구원 | 7-4-223

《한국구비문학대계》| 한국학중앙연구원 | 1-7-323

《한국구비문학대계》| 한국학중앙연구원 | 7-6-76

바다 도깨비

《한국구비문학대계》| 한국학중앙연구원 | 6-12-567

《한국구비문학대계》| 한국학중앙연구원 | 8-2-142

권현희

도깨비에게 끌려간 사람

　　《한국구비문학대계》| 한국학중앙연구원 | 8-6-401

도깨비 어장

　　《호남구전설화》| 박이정 | 4-172

　　《호남구전설화》| 박이정 | 4-247

도깨비를 물리친 아버지

　　《한국구전설화》| 임석재 | 평민사 | 2-224

도깨비에게 떡 주고 부자가 된 총각

　　《한국구비문학대계》| 한국학중앙연구원 | 6-3-563

상복 입은 도깨비

　　《한국구전설화집》| 민속원 | 5-104

도깨비와 뼈다귀 보따리

　　《한국구비문학대계》| 한국학중앙연구원 | 7-10-562

　　《한국구비문학대계》| 한국학중앙연구원 | 7-10-567

도깨비야, 나가거라!

　　《한국구전설화집》| 민속원 | 12-206

김미숙

도깨비와 수박

《한국구비문학대계》| 한국학중앙연구원 | 7-13-481

도깨비가 지어 준 집

《한국구비문학대계》| 한국학중앙연구원 | 7-6-51